지난 연말에 <u>퍼즐행시집</u>을 출간한 데 이어서
저의 칠순을 맞아 행시야 놀자 시리즈 제10집
<u>이름행시집</u>을 냅니다
살면서 고운 정 주신 님들께 이 책을 드립니다

님　惠存

Jung . Dong - Hee
六峰　鄭　東　熙　드림

이름행시집

六峰 정동희

육십 지나고
봉곳한 칠순 맞아
행시집 반짝
시리즈 번호 십번
집이 열 채네

한국행시문학회
도서출판한행문학

이름 行詩집을 내면서

'이름 행시'는 말 그대로 어떤 대상의 '이름'을 운(韻)으로 하여 쓴 行詩를 말한다.
운이 되는 그 대상은 사람의 이름이나 닉네임이 될 수도 있고, 단체명이나 지명, 어떤 상품의 이름 또는 회사의 상호가 될 수도 있으며, 산이나 꽃, 식당, 선박의 이름도 이름 행시가 된다.

지금으로부터 10년 전인 2010년부터 내가 1년에 한 권씩 써온 '행시야 놀자' 시리즈의 번호가 이 책으로 어언 10번째다.
아시다시피 '숫자 10'의 의미는 완성의 의미를 지니기도 하며, 어떤 진행에서 마지막을 의미하기도 한다.
시리즈 1도 아니고, 시리즈 번호 2나 3도 아니며 앞선 9까지에 들지 못한 채 마지막 10번째에 '이름행시집'을 썼다는 것은 어떤 의미에서든 우선 순위가 맨 뒤로 밀렸다는 뜻이다.

왜 그랬을까? 왜 맨 앞이나 중간도 아닌 맨 마지막일까?

일단 이름 행시는 사람의 이름을 대상으로 많이 쓰는 편이라고 봤을 때, 그 사람을 정확히 알아본 뒤에 제대로 써야 한다.

V　　　V　　　　V　　　　V　　　　V
이름 행시는/**름**름한 그를 위해/**행**여 다칠라/**시**작부터 신중히/**집**중해 쓰자

상대를 잘 알지 못한 채 온갖 미사여구를 넣어서 만든 행시가
과연 그 사람을 잘 나타낸 작품이라고 할 수 있겠는가?

나도 행시를 쓰기 시작했던 20년 전, 초창기에는 이름 행시를
많이 쓰곤 했다. 실로 내가 쓴 이름 행시는 위에 말한, 상대를
정확히 알고 나서 써야 한다는 원칙을 생각하면서 썼고, 가능
하다면 그 사람의 영혼이 담겨야 한다는 생각에서 썼다.
그러나 어느 순간에선가 그것이 결코 쉽지 않으며, 그 대상을
욕보이거나 별 의미가 없는 작품일 수 있다는 생각에서 그 후
부터 지금까지 이름 행시는 가급적 삼가하고 있는 편이다. 따
라서 제대로 쓰던가, 아니면 아예 쓰지 말아야 할 조심스러운
분야라는 생각에서, 틈날 때마다 이 점을 강조하면서 반드시
신중하게 써야 한다고 행시인들에게 당부하고 있다.

그런 면에서 내가 쓴 여러 이름 행시들도 완벽하지 않을 수 있
다는 점을 고백하면서 조심스럽게 열 번째 행시집을 펴낸다.

　　　　　　7순 맞은 어느 날,　六峰 정 동 희

이름行詩집

이름 대신 할
같은 의미 담아서
이뤄낸 행시

름름한 도전
름름한 기상 더해
한번에 완성

행복한 시도
시심 가득 담아낸
로망의 글 밭

시범 삼아서
작심하고 펴낸 책
해탈의 경지

집중 또 집중
대미를 장식하는
성공 시리즈

이름행시집 목차

◆ 내 이름으로 쓴 행시

정동희

鄭 정확한 편집기획 저렴한 시집출간
東 동호인 등단지원 행시인 저변확대
熙 희망의 도서출판 대망의 한행문학

한행문학 회원님들의 작품을 출간 지원하기 위해서
출판사인 '도서출판 한행문학'을 설립, 운영하면서
행시도 쓰지만 직접 편집을 하는 편집 작가로서
약 100권의 행시집, 시집을 편집 출간 했습니다

위 글은 제일 처음 만든 제 명함 뒷면에 실린 행시이며
저의 목표이자 현주소이기도 합니다

정동희

정직과 성실함과 건강이 나의 전부
동녘이 밝아오면 먼 길 갈 채비하고
희망의 다음 세대로 힘껏 날아 오른다

Honesty and healthy being is my everything
Equipment for long way when morning dawns
Energetic flying to hopeful next generation

- 행시만 쓴다 -

정신 나간 놈
동호인 모아 놓고
희희덕댄다

He's mind falls out
Everyone keep to here
Enjoy everyday with joy

- 行詩는 내 人生 -

정성을 다 해
동호인 세상 열고
희망을 편다

한 국 행 시 문 학 회
도 서 출 판 한 행 문 학

정동희

정년퇴직 하고서도 여러 해가 지났지만
동네 방네 다니면서 여기저기 기웃기웃
희희 낙낙 백수답게 심심찮게 보냅니다

정식으로 인정 받는 대한민국 시인 신분
동호인들 늘어나며 너도 나도 관심 증대
희소가치 더욱 빛날 둘도 없는 행시시인

51년생 정동희

사방에
포연으로 가득한
난리통에

변변한 준비 없이
태어난
토끼띠라

통통할
겨를도 없이
비쩍 마른 몸이네

정적인 취미로써 삼행시 갈고 닦고
동적인 취미로는 마라톤 즐기면서
희망과 기쁨 속에서 희희낙락 사노라

정동희

다 함께 사는 세상 어쩌면 아는 사이
음유가 취미라며 행시만 고집하니
세 살 적 버릇인지 여든은 갈까 만은
대체로 허약하니 오래는 못 보겠네

Probably you know me and together
Only focused the line poem minstrel
Even if literary style could be eighty
May alive no longer with poor health

* 다음세대는 인터넷에서의 제 닉네임입니다

몸무게로 승부한다

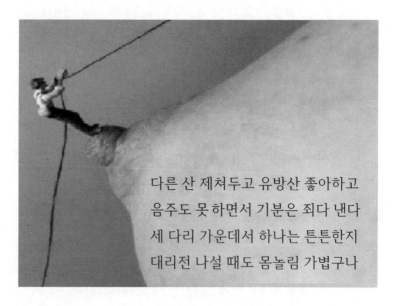

다른 산 제쳐두고 유방산 좋아하고
음주도 못 하면서 기분은 죄다 낸다
세 다리 가운데서 하나는 튼튼한지
대리전 나설 때도 몸놀림 가볍구나

- 2012.09.18 -

자화상

다 큰 어른 자유분방 잇속 없이 동분서주
음유시인 이름 걸고 운 맞춘 글 행시 쓴다
세상 시름 다 잊은 채 스트레스 아니 받고
대찬 인생 고운 걸음 만 보씩은 걷고 잔다

- 2017.06.11 -

다음에

다음엔 꼭 꺾어보지
음심을 품어도 보지
세상일 그리 쉽던가
대체로 모를 여자맘

오늘은

다른 땐 독방에서 서기도 잘 하더만
음 팔월 보름이라 식구들 다 모이고
세 방에 흩어져서 이 방엔 혼잔데도
대체로 풀 죽으니 요 놈이 영물이여

가로세로 퍼즐행시

다 음 세 대

음 유 시 인

세 시 밝 아

대 인 아 류

다 음 세 대

음 탕 대 장

세 대 죽 일

대 장 일 까

회원님들이 쓴 <정동희 행시> I

육탄으로 돌격 / <u>김기수</u> 作
봉우리를 탈환
정말 군인다운
동호회 회장님
희망을 봅니다

정열을 불태우며 행시를 사랑하고 / <u>김근필</u> 作
동서와 남북으로 행시인 번개 만남
희귀한 야한행시 김삿갓 환생한 듯

다크호스 정동희님 모른다면 간첩이지 / <u>김삼행</u> 作
음지에서 숨어있던 행시인을 찾아내어
세심하게 관심주어 대가로써 키워내는
대한민국 행시계를 이끌어갈 거장이지

육룡 기세로 / <u>노영태</u> 作
봉인된 매듭 풀어
정갈한 맵시
동아리 가득 채운
희락의 필력

회원님들이 쓴 <정동희 행시> Ⅱ

다음다음 늘 그렇게 미루다 보면 / **백재성** 作
음미하며 늘 그렇게 살지 못하고
세대차를 늘 그렇게 느끼며 살고
대세론은 늘 그렇게 오늘이 최고
정직하고 절도 있게
동호인만 사랑하며
희노애락 동고 동락

정히 오시려면 아리랑고개 넘어 오소서 / **서지월** 作
동녘에 해 뜨기 전 뉘에게도 들키지 마시고
희뿌연 안개 숲 헤쳐 늠름한 고구려 무사같이
시누대숲을 만나면 피리 하나 만들어 불며 불며
인생사 고여있는 물이 아닌 것을 아시고서

육봉님의 행시 사랑 어버이 온정처럼 / **정영임** 作
봉우리 높다 해도 행시문학 선봉에서
정확한 이정표로 행시인의 길이 되니
동시대 행시인들 꿈 펼쳐 날갯짓 하고
희비애락 사연 담아 동인지로 꽃피우네

한행문학 제3기 등단 시인

이화 여물어 씨방 열리고
화신 이어져 열매 맺으니

권한 주인도 받은 손님도
혜안 있음에 기쁨 넘치고
경사 떠들썩 모두 주인공

아름 마음씨 곱게 영글고
조석 붉은해 푸른 대나무

박꽃 함초롬 실눈 화들짝
상달 비추는 둥근 보름달
숙인 벼이삭 풍년 열리네

추곡 백과에 들뜬 논두렁
객석 뛰노는 잽싼 메뚜기

변산 마루턱 둥실 흰구름
희색 만면에 농부 땀방울
창밖 탈곡기 연신 바쁘네

봉싯 앞가슴 큰뜻 품은채
순풍 돛달고 힘껏 저으니

양양 대해는 물반 고기반
귀한 글꾼들 두손 맞잡고
희망 솟구쳐 대대 만복래

* 제1기 및 2기 등단 시인 33명은 당시 이름 행시를 쓰지 않았고
  제3기 등단 시인부터 축하의 의미로 이름 행시를 쓰기 시작함

한행문학 제4기 등단 시인

담장 밖에는 바람 차지만
원정 나온봄 고개 내미니

박봉 살림도 쪼개 쓰면서
관능 넘나들 대화 나누며
일상 기펴고 웃음 넘치네

희색 가득한 행시 동산에
령남 호남에 충청 수도권

손자 아들뻘 고희 어르신
두손 맞잡고 매일 모이니
임도 만나고 뽕도 거두네

해가 바뀌면 어언 십년째
우정 돈독한 문학 단체로

신설 장르로 자리 차지해
중진 신진들 모두 아우러
성역 넘보는 행시 동호인

공식 출범한 문단 일년차
명실 상부한 국내 일인자

조석 노력해 앞장 서면서
이름 드높일 후학 양성해
안정 궤도에 진입 했노라

한행문학 제5기 등단 시인

일생 한길만 정진
신심 넘치는 삶에

목적 분명한 시인
옥고 보태는 나날
균형 속에서 발전

초심 일구고 갈아
동기 확실한 소망

이제 한단계 상승
문인 대열에 합류
학회 떠받들 문사

중구 난방인 사회
전부 올바로 잡을

이념 확실한 주장
희망 메시지 들고
빈곳 채워줄 일념

한행문학 제6기 등단 시인

북쪽 파란별 광년 달려와
하얀 광채로 존재 알리니

강호 재야에 행시 동호인
경사 무드에 축하 분위기
호걸 영웅들 탄생 했도다

소필 첫걸음 미약 했으나
담담 말없이 족적 쌓으며

권토 중래를 거듭 한끝에
오늘 빛나는 영광 펼치니
순풍 돛달고 출항 하노라

경천 동지가 이런 맛일까
산하 아우른 금수 강산에

신이 빚어낸 석줄 넉줄 글
종래 못 보던 새로운 장르
현존 시인들 두손 들도다

초야 묻혔던 한낱 진주가
생기 발랄한 빛을 발하니

최고 문사도 범접 못하는
영혼 담아서 쏘아 올린글
림을 맴돌다 관통 했노라

7기 등단 시인

財 재기 넘치는 몇줄 행시로
德 덕을 품으니 글이 빛난다

雪 설렘 속에서 오른 등용문
川 천지 중에는 하나 뿐이요

淸 청천 대명에 크게 외치니
明 명명 백백히 한국 최초라

主 주야 열린길 아직 신대륙
恩 은인 자중해 횃불 밝히니

如 여기 모신님 알찬 열매로
停 정녕 문단에 빛이 되리라

8기 등단 시인

羅 라인 따라서 곱게 흐르는
仁 인사 깍듯한 멋진 친구들

庭 정원 가득히 넘친 예쁜글
園 원탁 가운데 귀히 모셔서

眞 진실 통하는 대문 거치니
農 농사 절반은 지은 셈이네

太 태극 선명한 맑은 우리말
公 공식 맞춤법 가닥 맞추고

天 천하 제일의 카페 올리니
寶 보물 창고가 따로 없구나

9기 등단 시인

木 목향에 새봄맞은 글동네
蓮 연착륙 하신이들 예있소

梨 이화에 걸린쪽달 빚어내
花 화선지 한가운데 운띄워

星 성근별 친구삼아 노닐며
野 야차도 흠칫놀라 박수칠

雲 운치와 재치넘친 행시로
岩 암팡진 작품세계 펼치세

10기 등단 시인

尙 상서로운 기운 가득
山 산상으로 뻗쳐 올라

靑 청운의꿈 문단 데뷔
利 리얼리티 감격 순간

韶 소원성취 기쁜 반면
泛 범치못할 행시 도전

誠 성심으로 갈고 닦아
岩 암중밝힐 보석 되리

11기 등단 시인

圃 포효 떨치고 나온
春 춘색 화사한 꽃대

劉 유일 무이한 생명
榮 영혼 덮어쓴 작품
鍾 종류 불문코 소중

滿 만월 풍년꿈 안고
川 천변 지키는 들녘

李 이화 봄기운 싣고
太 태풍 몰고간 여름
石 석간 가을빛 붉다

眞 진정 오늘은 길일
如 여태 살아온 중에

陳 진짜 행복한 순간
明 명품 초대석 밝고
燦 찬사 넘치는 무대

12기 등단 시인

春 춘삼월 봄비 뿌리듯
雨 우수수 낙엽 날리니

郭 곽대기 같은 일상속
玉 옥죄는 운명 떨치고
星 성숙한 자아 눈뜬다

詩 시절은 벌써 한가을
讚 찬바람 머지 않은데

閔 민소매 벗어 던지고
庚 경복궁 단풍 든다는
熙 희소식 받고 나선다

石 석양에 걸린 붉은놀
香 향수에 곱게 젖으며

任 임보던 그때 그시절
滿 만추에 다시 떠올려
宰 재회의 기쁨 꿈꾼다

13기 등단 시인

靑 청설 잔설되어 녹고
野 야화 달빛따라 열고

壚 허공 가로지른 춘풍
潭 담장 넘어오는 소리

初 초야 맞이하는 느낌
心 심장 쿵쾅대는 맥박

博 박수 받으면서 입장
安 안주 하지않는 집념

蓮 연일 곧추세운 야망
花 화신 몰고오는 새봄

14기 등단 시인

月 월하에 정적 흘러
花 화용이 눈부시다

李 이화에 숨은 나비
月 월색에 흠씬 빠져
花 화분질 잊었노라

15기 등단 시인

泉 천지 열리는 순간
　동쪽 바다끝 붉고
谷 곡파 헤치며 우뚝
　세상 가운데 서다

白 백광 온누리 안고
　글꾼 시마음 달궈
合 합환 기쁨의 소리
　여기 저기서 합창

16기 등단 시인

石 석간수 방울 방울
蒜 산천에 하얀 눈밭

靜 정다운 봄을 향해
嘉 가벼운 미소 띠며
堂 당찬꽃 지켜 내고

文 문풍지 울린 바람
柳 유유히 멀어 진다

17기 등단 시인

德 덕으로 펼친 인생
岩 암울함 건너 뛰고

青 청정한 하늘 하래
岩 암팡진 새촉 튼다

19기 등단 시인

智 지존의 행시 문학회
星 성숙한 동인 취미방

王 왕성한 작품 추구로
泳 영광의 등단 오르고
先 선망의 대상 우뚝서

18기 등단 시인

有 유한한 인생에서 꿈꾸는 행복
想 상상력 깔아놓고 그리는 그림

慎 신중한 판단으로 방향을 틀고
五 오륙회 수정하고 덧칠도 한다
範 범상을 탈피하니 조금은 설다

21기 등단 시인

늘푸른 새봄같고
뫼같이 듬직한님

박식한 전문지식
영적인 심미안에
관능적 열혈청년

소신이 반듯하나
엽지를 아우르고

이만한 그릇이면
동지들 다실어도
범람치 아니하리

22기 등단 시인

청푸른 들판
호연지기 펼치고

석간수 위에
금쪽 같은 글 띄워
산책 나선다

23기 등단 시인

솔직한 표현
명쾌한 메시지로

배열 다듬고
기쁨과 보람 찾는
우아한 취미

24기 등단 시인

백미 중 백미
천하에 일등 열매
김 매고 갈며
준비한 스승 있어
수확이 크다

The finest of finest
Each of fruit is the top class
All day weed and cultivate
Coach is prepared for them
Harvesting is great

안짱다리로
지탱한 포도 열매
송이송이가
상품 중 상품이라
헌칠하구나

Grow up by bowleg
Real sustaining grape flower
All cluster of that
Probably first of first class
Each tree has a smart figure

27기 등단 시인

미완의 대기
보살핌이 남달라

권능 따른다
미래를 개척하는
순박한 도전

노력의 결과
아주 가까워 옴에

김서린 창 가
선명한 주춧돌로
균형 잡는다

28기 등단 시인

행복 느끼며
운 넣고 글 짓는 맛

이제는 안다
보람도 넘쳐 나고
희망 솟는다

29기 등단 시인

잎사귀 하나
새로 돋는 의미를

이젠 알아요
정녕 그대는 내게
희망입니다

A leaf of you
Meaning of rising again
I know at the present
God guaranteed for me
Of course you're my hope

* amigo : 친구

30기 등단 시인

수묵화인 양
지긋한 향 품으며

김 서린 창 가
민들레 홀씨 같이
영롱한 자태

무지개처럼
아름다운 색깔로

하늘에 올라
옥토끼 닮은 웃음
자못 미쁘다

31기 등단 시인

자구(字句) 꿰뚫고
한번에 가로 세로

김 이 박 최 정
기라성 범접 못할
수작(秀作)만 쓴다

유려한 문체
천하에 하나뿐인

송죽매 닮아
채색 도드라진 글
섭리 익힌다

32기 등단 시인

옥양목 한 필
천지에 곱게 펼쳐

박속 같은 글
은은한 붓끝 따라
숙연한 행보

35기 등단 시인

임전 무퇴로
강호 무림 속에서

이룬 금자탑
광채 어린 작품들
일떠세운다

33기 등단 시인

만학의 행시
유쾌한 친구 삼고

고상한 글 풍
영민한 마음 일궈
도로 피는 삶

천리간 타향
리얼한 향수병에
마음 졸여도

박력 넘치니
정진하는 행시에
걸림돌 없다

36기 등단 시인

유상 곡수로
정 담은 글 마시며

김 매듯 쓰고
진한 글 맛 보면서
회춘 꿈꾼다

아직 멀지만
은연중 목표 삼은

최고 행시인
명백한 사명 앞에
숙연해 진다

37기 등단 시인

두운 앞세운
산뜻한 시조 음률

이상향 향한
현세의 주름 모아
기록 남긴다

38기 등단 시인

백세 인생에
화초 같은 행시로

문인의 길에
상사화 꽃 피우는
희망찬 노래

39기 등단 시인

초행이어도
록음 방초 우거진

조신한 글 밭
용기 있게 내디딘
희망찬 발길

40기 등단 시인

미욱한 글 밭
암석과 잡초 걷고

이랑 고른다
동녘 해 오르기 전
만월 품는다

41기 등단 시인

효험 있는 글
설원에 동백 열고

반듯한 운행
종심부터 달라서
숙연해진다

유행 안 타는
수수한 말 갖고도

백 가지 표현
재주껏 완성하는
성숙한 글 밭

◆ 다른 사람 이름 행시 (행시 카페 회원, 문인, 유명인사)

- 김진회 박사 -

스마트 하고
마음 하나 넓어서
일등 친구야

- 자주 보니 -

스치는 교감
마주할 때 느껴져
일치된 생각

- 내 친구 -

스스럼 없이
마주할 수 있어서
일단 좋았지

Free relationships and
Always friendly with you
That's good actually

- 아동문학가 -

이제는 행시	Let's go to the Hang-see now
경쾌하고 짤막한	Especially light and short one
희망찬 몇 줄	Even hopeful just a few lines

착한여우(이현수)

착 한 여 우 일 도 착 착 행 시 도 착 착
글 한 마 당 에 한 줄 한 줄 다 시 한 줄
어 기 여 디 여 라 어 기 여 디 여 라 차
모 두 들 우 러 러 보 네 여 우 같 은 글

행시인의 로망

담담한 어조
촌철살인 엮어 낼

권법의 달인
창과 검이 교차한
순도 높은 글

行詩의 최고봉

진솔한 표현
농심이 너울너울

서너 줄 명품
경이의 작품 세계
봉곳한 자리

行詩系의 여왕

헤량키 힘든
린치 막을 버팀목

오롯이 올라
순항하는 이꿈이
영원한 글 꾼

외골수 인생

중전/이희빈, 65세, 한행문학 등단시인
전통적인 독립 운동가의 후손으로서

이 시대 이 나라가 올바로 서기를 바라며
희망과 복지의 대한민국을 꿈꾸면서
빈터에 오늘도 한 그루의 나무를 심는다

시조황제 전병준 시인

시작도 하기 전에 질질질 흘리더니
황급히 들어가다 입구에 쏟아놓네

전에는 밤새면서 홍콩도 보내더니
병 주고 약도 주던 그 실력 어디 가고
준비가 소홀했나 첨부터 헉헉대네

* 한국행시문학회원이신 시조황제 전병준님
* 행시로 노벨 문학상을 꿈꾸시는 분..아호가 '시황'
* 좀처럼 얼굴을 드러내지 않는..야한 행시에도 달인이며
* 이분과는 야한 행시로 문답을 더러 주고 받기도 하지요
* 이 날도 '육봉 정동희'로 받은 글에 제가 화답한 글입니다

전병준 고추도 끄떡(←)

떡 줄 년 기별 없어 김칫국 못 마셔도
끄떡 댄 거시기는 달라고 졸라대지

도톰한 입술에다 탱탱한 앞가슴들
추색이 깊을수록 시선만 어지러워
고르고 또 골라도 그림에 떡이더라

준다고 눈치 줄 때 덮쳐야 했었는데
병신 짓 하고 나니 타이밍 다 놓치고
전봇대 소제할 일 갈수록 어렵구나

* '정동희 붕알 흔들'(운을 거꾸로 쓴)로 받은 글에
   제가 화답 행시로 쓴 '운이 거꾸로 된 글'이라
   운(韻)을 아래에서 위로 읽으면 말이 됩니다

황금찬 / 채수영 / 정동희

황금빛 시어들이 춤추는 오후 한 때
금언과 주옥 같은 그 옛날 기억 따라
찬찬한 목소리 속에 빨려 든 날이었다

채소밭 인분 냄새 문사원 넘나들고
수수한 차림으로 내면을 열어 주니
영혼과 영혼이 만나 하나된 날이었다

정지된 시심들이 갑자기 꿈틀대고
동기에 불을 붙여 도전을 꿈꾸나니
희망에 가슴 부풀어 벅찼던 날이었다

* 황금찬 시인님이 작고하시기 몇 해 전..문단에서
  이천 문사원(文士苑) 방문시 두 분을 뵙고 쓴 글
  -2010. 5. 15

이헌 형님께

이헌 형님이 좋아
헌시를 써 봅니다

시작부터 끝까지
조용하고 순박한
시조다운 명품 詩
인정 받을 걸작품

배정규 시인

소식은 희망
소문은 바람 소리

배 떠나기 전
정 주고 받고 산다
규칙도 없다

- 어떤 당 알바 -

공천 위원장
병 고칠 화타 편작
호탕한 칼질

- 어떤 당 대표 -

황하 건너고
교통 체증 풀어야
안전한 나라

- 대통령 1 -

이 땅 이 민족
승리한 민주주의
만들어 준 분

- 대통령 2 -

박력과 강단
정확한 혜안으로
희망 주신 분

- 대통령 3 -

김정일 믿고
대한민국 기만한
중대한 실수

- 대통령 4 -

문제 투성이
재정은 말아 먹고
인심은 흉흉

그 당시 그 후보

박정희 딸이라서 **박**히고 씹히지만
근엄한 원칙으로 **근**근히 버텨간다
혜량키 힘든민심 **혜**휼을 기대할까

문턱도 낮지않고 **문**구멍 쥐만하니
재탈환 노리는가 **재**수를 꿈꾸는가
인상도 좋다마는 **인**명은 재천이라

안되면 되게하라 **안**심은 금물이다
철저한 준비로도 **철**퇴를 못피하니
수없이 얻어맞고 **수**차례 위기온다

반쯤벗고 해봤는데 **반**도 못가고
기를써도 안되더니 **기**운 풀려서
문지방에 털썩싸니 **문**전서 툇찌

- 독도 서도 - 경북 울릉군 독도 안용복길
(독도 서도의 신주소입니다)

안 주려는 걸
용기로 되찾아온
복된 우리 섬

(2014 / 六峰 정동희)

경북 울릉군 독도 이사부길
(독도 동도의 신주소입니다) 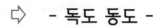 **- 독도 동도 -**

이날 입때껏
사력 다해 지켜온
부동의 보물

(2014 / 六峰 정동희)

여왕 폐하

김연아 고득점 세계신
연기도 기술도 완벽해
아사다 게임도 안되지

(2013 / 六峰 정동희)

- 박수 -

안타깝지만
현명한 선택이오
수고했어요

(2014 / 六峰 정동희)

- 챔피언 -

최고의 대회
경기 막판 연장전
주인공 우뚝

(2011 / 六峰 정동희)

- 마칠 때 잘 해 -

있을 때 잘 해

오버 하지 마
바로 탄핵당한다
마무리 잘 해

오늘도 날
바람맞힌 그대
마지막이여 이젠

Do not over phase
Of course you meet impeachment right away
Good finishing is better for you

- 한국행시문학회 -

오늘을 지킬
바람직한 문학회
마지막 희망

- BTS -

Beat the Japan spirit	왜색(倭色) 눌렀다
They are really big man	놈들 참 대단해요
Say the misdeed indirect	들쑤셔 놓네

RM　　　슈가　　　진　　　제이홉　　　지민　　　뷔　　　정국

By 3 lines the 'zoomsi'	삼행 주먹시
Total 17 letters only	행간에 열일곱 字
Shows poetic sentiment	시인의 마음

* BTS : 방탄소년단　　　　　　* zoomsi : 주먹시

한국삼행시동호회

* 2002.10.01 개설 *

韓國最高 三行甲會 韓國三行 詩同好會
國民多數 行詩愛好 日就月將 甲會發展
三行四行 五行六行 間或長長 二十行詩
行詩水準 韓國最高 行詩數量 韓國最多
詩的感覺 卓越會員 多數布陣 每日訪問
同好會員 所聞傳播 眞情最高 感嘆連發
好好何何 喝喝大笑 方方谷谷 微笑滿發
會長好人 會員俊秀 連日好況 門前成市

한국최고 삼행카페 한국삼행 시동호회
국민다수 행시즐겨 날로달로 카페발전
삼행사행 오행육행 간혹긴긴 이십행시
행시수준 한국최고 행시수량 한국최다
시적감각 탁월하고 많은회원 매일방문
동호회원 소문퍼져 진정최고 감탄연발
호호하하 깔깔대고 방방곡곡 미소만발
회장좋고 회원좋아 연일호황 문전성시

- 2003.12.26 -

한국삼행시동호회

한해두해 지나면서 발전하는 카페모습
국민취미 삼행시가 든든하게 엮어주니
삼삼오오 모여들어 천이백명 넘어섰고
행시숫자 자그마치 만이천개 넘었으니
시작때는 미미해도 나중에는 창대하리
동일취미 가진님들 카페나와 글올리고
호의적인 감정으로 칭찬하고 격려하니
회원사기 올라가고 우리카페 영원하리

- 2004.10.01 -

2015년 12월, 카페 명칭을 '한국행시문학'으로 변경했으며
현재는 회원 수 1,330여명에 466,000여 글이 저장되어 있고
장기 불출석 회원을 계속 빼내고 있어서 회원 수는 많지 않음

한국행시문학회

韓 한국문학 족보속에 행시문학 움텄으니

國 국가적인 관심속에 커나갈날 멀지않고

行 행시인들 자주모여 행시쓰고 등단하면

詩 시인이라 불러주고 문단에서 인정하네

文 문학으로 자리잡고 고개내민 행시세상

學 학생에서 성인까지 온국민이 사랑하니

會 회자되는 속도감도 날로달로 빨라지네

* 2008.02.16 한국행시문학회 발족 *

한국삼행시동호회 번개

한두명도 아니고 여섯명이 모여서
국철에서 오호선 마지막엔 승용차
삼만원도 못되는 이만원씩 걷어서
행복만땅 대만족 점심저녁 다먹고
시간맞춰 간식에 벚꽃구경 노래방
동호인들 모이니 눈만봐도 통하고
호호하하 즐거워 앤돌핀이 팍팍팍
회람받고 나오신 모든님들 고마워

- 2008.04.12 -

참석자 6명
다음세대 스마일님 은하수님 착한여우님 향기님 혜린님
* 김해 사시는 착한여우님이 서울 올라오신다는 소식에
급히 번개 쳐서 여의도 벚꽃길에서 모임

한국삼행시동호회

한두줄 남긴글에 벌나비 찾아들어
국화꽃 만발하던 몇해전 문을여니
삼삼한 행시많고 볼거리 널려있어
행시꾼 낙원이요 매니아 쉼터로세
시작은 미미하나 나중은 창대하리
동서를 둘러봐도 이만한 카페없고
호사가 입소문이 장안에 회자되니
회원님 수준높아 갈수록 탄탄대로

- 2009.01.01 -

cafe.daum.net 3linepoem
한국 삼행시 동호회

'한국삼행시동호회'는 '한국행시문학'의 정겨운 옛 이름입니다

통 큰 카페 - 한국삼행시동호회

통째로 열리는데 오분도 안걸리고
큰문단 손못대는 행시로 승부하니
카페서 활동하면 손쉽게 등단하고
페이스 빨리올라 실력들 쑥쑥크네

한국에 내로라는 행시인 다모여서
국제적 마인드로 작품들 써올리니
삼행시 사행시에 천행시 도전하는
행시에 있어서는 모두다 고수라네
시심도 훌륭하고 내공도 대단해서
동호인 소문나서 날마다 손님늘고
호탕한 경쟁속에 게시판 백개넘어
회자된 소문만큼 실속도 있는카페

- 2011.01.09 -

신입회원 환영행시

한번에 곧바로   **한**삼동 팔행시 - 2011.05.03 -
국토끝 동해서   **국**도를 따라서
삼삼한 석줄시   **삼**행시 카페에
행시로 데뷔해   **행**시로 뜨셨네
시심도 깊은데   **시**작도 남달라
동호인 관심에   **동**작도 빠르니
호적수 만나도   **호**탕한 행시로
회원들 사이에   **회**자될 분이네

한달째 텔레파시 좋은글 쓰기로**한** - 2011.10.08 -
국그릇 준비하고 퍼마신 동치미**국**
삼행시 탁월하신 새내기 어서오**삼**
행시가 인연되어 만나니 다복다**행**
시시로 가보았던 블로그 퍼즐행**시**
동호인 중에서도 독보적 솜씨가**동**
호쾌한 새내기님 행시에 박수연**호**
회심의 발걸음에 즐거운 환영연**회**

한국삼행시동호회

한번 행시인은 영원한 행시인
국어 사용하는 지구촌 곳곳에
삼행 사행으로 우리글 빛나고
행간 군데군데 우리얼 샘솟아
시심 넘쳐나니 **한삼동** 만만세
동인 뜻모아서 동인지 만들고
호평 절찬속에 행시집 펴내니
회원 모두에게 큰기쁨 큰행복

- 2011.05.15 -

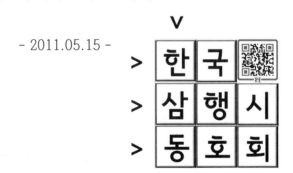

한국삼행시동호회

한참을 둘러봐도 장마와 찌는더위
국지성 호우에다 열대야 뿐이더니
삼복을 지나면서 절기도 가을초입
행길에 바람일고 조석이 다른지라
시인은 옷깃여며 계절을 새로맞고
동호인 잔치열어 정모에 모시오니
호연의 깃발들고 한우물 파던님들
회심의 미소안고 모두들 나오소서

- 2013.08.14 -

한국행시문학회
한국행시문학
2002 — 2020

한국행시문학 www.hangsee.com

한번 정한 이름이지만　　　한참 걸렸다
국민이 다들 원하시니　　　국가급 홈페이지
행시 문학으로 바꾸고　　　행복한 순간
시작의 깊이를 더한다　　　시동 걸려 기쁘고
문밖에만 나서면 행시　　　문학회답게
학습효과 톡톡히 본다　　　학의 힘찬 날개짓
　　　　　　　　　　　　회원들 기쁨

'한국삼행시동호회'에서 '한국행시문학'으로 카페 이름 변경
(2015.12.13)

경남 가야산

가락국 시조님이 일찍이 둥지 튼 곳
야무진 고갯마루 깊숙한 계곡까지
산 오른 많은 사람들 하나 같은 감탄성

가녀린 걸음걸이 다붓이 품어 주고
야들한 다리통도 쉬었다 가게 하는
산신령 마음 하나에 힘들었다 말았다

가벼운 마음으로 산세를 호흡한다
야호야 외치고픈 충동을 느끼면서
산마루 올라선 자리 너도 나도 인증 샷

– 경기 광명 –

가파른 고개
학학대고 오를 때
산 느낌 들지

The steep hill
When you climbing out of breath
Alive feeling you have

강릉

경포호 조각달은 한잔 술 목축이고
포구에 걸친 배는 밤바람 벗삼는데
대장부 호연지기는 노랫가락 돋운다

– 춘천 –

공감의 광장
지축 흔드는 함성
천상의 음악

Plaza of sympathy.
Earthshaking the shout.
The heavenly music

관악산 국기봉

관운이 있건 없건 모두 다 지난 얘기
악한 맘 먹지 않고 해할 일 아니하면
산 입에 거미줄 치랴 백수도 문제 없다

국기봉 올랐다가 멋지게 한 장 박고
기력이 남았는지 아래 위 힘이 불끈
봉곳한 육봉에 올라 관악산 정기 받네

광화문

광란의 깃발 아래 민심은 왜곡되고
화딱지 부추기며 언론이 춤을 춘다
문제가 자본주의면 공산화가 답인가

강원도 동해시

동으로
동으로만
마음이 달려간다

해수면
솟구치는
붉은 해 보고 싶고

항구에
곱게 날아들
갈매기도 보련다

Still my mind toward east and east only anyway
Everyday want to see sunrise from the sea surface
Also want to see a cute seagull fly around the port

- 부산 번개 -

동해 마쳤고
해안선 따라 가면
항도 부산항

Finished Donghae meeting now
In accordance with the cost line to the south
There is port city dynamic Busan

- 회항 -

동해 6인방
해 바껴도 만날까?
항상 보고파

- 출발 -

동해로 간다
해 뜨는 동쪽 끝단
시작이 좋다

Now we gonna Dong-hae city
End of east for watching the sunrise
We starting is very nice

동해로 가자
해풍 시원한 도시
詩가 춤춘다

- 백령도 -

두 번 다진다
무력집단 무찌를
진정한 용기

Make hard mind twice.
Attack enemy force group
Pure courage

인내는 없다
당하면 당한 만큼
수 배로 보복

- 아침가리골 -

방시레 웃자
태양을 친구 삼아
산이 춤춘다

Just smile sweetly
Our members make friend with sun
You and mountains dancing

설악산

백문이 불여일견 백견이 불여일행
담소론 만족못해 담구고 볼일보지
사실상 재미볼땐 사정은 참고보지

북한산

북한산 맑은 계곡 찬물에 발 담그며
한기에 더위 잊고 한나절 신선 놀음
산행의 묘미 속에서 산사나이 변신 중

- 제주도 -

사 四方 차이나
다 多 중국인들이라
도 島가 넘친다

Four way fulled China
The Chinese in all island
Already over the levels

삼성산 산행 코스

삼년째 관악산밑 봉천동 살면서도
성한몸 놀리면서 쳐다도 안보다가
산공기 마시려고 봄부터 시작했소

관찰력 부족하고 시심도 형편없어
악쓰며 써보지만 행시만 조금쓰고
역시나 밑천딸려 이름만 시인이네

삼행시 사행시에 길게는 일천행시
막연한 주제갖고 멋대로 써보는데
사람들 틈에끼어 흉내만 내고있소

국문과 안나와서 어휘력 딸리지만
사물만 쳐다보면 음양이 떠올라서
봉곳한 능선계곡 야한글 잘쓰지요

칼같은 성격탓에 삐딱한 꼴을못봐
바른말 하다보니 풍자글 자주써서
위에서 오랄까봐 조금은 걱정되네

매일을 하루같이 행시만 쓰다보니
표나게 잘쓴글은 내눈에 안띄지만
소책자 만들어서 시집도 열권냈소

수락산

수많은 세파 속에 용케도 버티더니
落葉도 안 졌는데 이파리 떨어졌다
산 위로 오르내릴 때 조심들 단디 하소

경기 포천   - 경기 가평 -

심 봤다..!!   연분 맺은 산
곡 소리도 터졌다   인연의 시작이요
산천이 떨리고 계곡수 넘쳤다..!!   산 증인이지

- 그날 이후 -

연평 4주기
평화는 유지되나
도지는 긴장

4th anniversary of strikes
Tensions keep up still now
However peace also sustaining now

통일로 가는 길

연육교 길게 놓아 해주에 이어 볼까
평안도 남포 닿는 뱃길을 열어 볼까
도무지 막 가는 저들 사탕 줘서 달랠까

연평도

- 이에는 이 -

연거푸 쏴 봐
평양 쑥대밭 될 겨
도망도 못 가

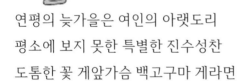

연평의 늦가을은 여인의 아랫도리
평소에 보지 못한 특별한 진수성찬
도톰한 꽃 게앞가슴 백고구마 게라면

연 줄만 붙들고도 겨울 한철 잘 갔는데
평양서 아 새끼들 지랄 법석 떠는 통에
도무지 성질 뻗쳐서 참는 것도 힘드네

인천

영상이
잔잔하게
서편을 물들인다

종영은
멀었지만
노을이 붉게 뜨고

도솔천
건너다 보며
무릉도원 걷는다

영원을 바라보며 오늘을 달리지만
종일을 숨쉬어도 하루가 흘렀을 뿐
도통할 경지까지는 다가갈 길 없는가

- 청계산 -

옥문을 향해
녀석이 돌진한다
봉을 세운 채

Head for the sweet hole
Immediately go straight ahead
Put up the big bat

옥비녀 빼고
녀석은 희희낙락
봉이 춤춘다

경기 포천

왕방울 두쪽에다 물마른 막대하나
방사는 지난얘기 살맛도 구경못해
산뜻한 생각없이 오줌만 누고사네

왕년에 잘나갔던 그시절 그립지만
뱅크도 멀리있고 지갑도 비어있어
이제는 도리없이 퇴물이 되는가벼
계곡수 넘쳐흘러 좋았던 한때지만
곡소리 안들리니 세월은 못속이네

******

왕대포 한 사발에 큰 시름 토해내고
뱅어포 고추장에 세월을 버무리며
이 밤아 거기 섰거라 오늘 하루 내 세상

울진 삼척

용띠 해 첫 산행에 　**용**봉산 올랐노라
봉봉봉 솟는 기운 　**봉**우리 타고 넘어
산같이 높은 장벽도 　**산**뜻이 넘으리라

용소에 몸 담그고 아이처럼 희희낙락
봉우리 계곡마다 땀방울 얼룩져도
산세가 하도 수려해 여름 더위 잊었다

용틀임 크게하고 용소를 응시한다
봉황이 홰를치던 봉곳한 고개넘어
산신령 호령하던 산허리 안아본다

덕으로 사는님들 덕스런 곳에올라
풍광에 몸을담고 풍경에 감탄연발
계곡을 뚫고내린 계곡수 발담그고
곡차로 목축이니 곡소리 신비롭다

서해 나들이

월야에 곡차 한잔 숨쉬는 활어 안주
미인들 권주가에 화담 속 홍조 만발
도원이 내 마음이라 가을밤이 행복타

월말에 동해 못 간 서운한 님들 불러
미각도 달래볼 겸 도착한 활어 횟집
도다리 광어 한 점에 술 맛이 꿀맛이라

월령가 부를 틈도 부족한 농번기에
미력한 서울네들 보탬도 전혀 못돼
도리깨 돌리는 모습 쳐다보고 있지요

경기 덕소

유명산 맑은 계곡 투영된 붉은 단풍
명화를 옮겨온 듯 살아서 호흡하고
산 타는 선남선녀들 발걸음도 가볍네

인천 영종도

을왕리 일박하고 을시에 눈을 뜨니
왕성한 아침 기운 왕모래 반짝반짝
리조트 한 가운데 리얼한 행시잔치

인왕산 둘레길

인왕산 호랑이는 흔적도 없었지만
왕성한 산신령님 기품은 여전하고
산 아래 산딸나무가 오월임을 알린다

둘러선 아기단풍 귀여운 애교 그늘
레벨이 다른 숲길 반갑게 다가와서
길동무 같이 하자며 꾸불꾸불 따른다

- 신입회원 -

임 오시는 날
자리 깔아 모시고
도열 합니다

You are here today
Of course waiting for you
Usually welcome and line up to you

도봉산

자색 양파즙 다섯 봉지에
운악 비가림 포도 한 송이
봉싯 웃는 낮 가을 옅은 산

- 七甲山 -

장안 벗어나
곡 소리 안 들리니
사는 맛 난다

설악산

장수대 옥녀봉에 반나절 쉬었다가
수삼 년 못 가봤던 설악을 올랐더니
대청봉 짙은 안개는 예나 제나 같더라

- 고백 -

정을 주었다
동정도 다 바쳤다
진심이었어

I gave her an emotions
Of course I presented my virginity
Usually I mean it

* I.O.U.(I owe you 의 약자) : 당신께 빚을 졌습니다. 차용증

- 불침번 -

정 동쪽에서
동해 찬바람 맞고
진을 지킨다

- 백령도 -

Heart beats   심장이 뛴다

I'm feeling hearing bristles up   청각이 곤두선다

Tension every moment   각일각 긴장

- 항구 -

주문하세요

문어, 광어, 오징어

진짜 싱싱해

Take order please

Octopus, flatfish, cuttlefish

Yeah, it's really fresh

경북 청송

주산지 이웃하여 경치로 이름난 곳
왕년에 가봤지만 기억이 가물가물
산 클럽 활동할 때는 안 가본 데 없었지

주야로 행시 쓰고 신경 쓸 일만 늘어
왕버들 피기 전에 조용히 채비해서
산신령 한눈 팔 동안 후다닥 다녀왔네

주왕도 만나 보고 장군봉 찍고 왔다
왕복에 여덟 시간 버스도 즐거웠고
산 탔던 서너 시간도 잊지 못할 추억담

지리산

지구촌 행시 잔치
리얼한 일발 필중
산뜻한 세줄 네줄

속리산

탈곡기 도는 소리 시대에 밀려나고
골짜기 흐르는 물 갈수록 마르지만
암나사 수나사 만나 엉기는 건 여전해

- 양재 -

청춘이 담긴
계곡은 붉은 희망
산을 맛본다

Put into the youth
Stream valley is my faithful hope
You and I trying mountains

＊＊＊＊＊＊

청춘이 별 거더냐 질러야 청춘이지
계집질 서방질도 맘 먹기 달린 게야
산 입에 설마하니 거미줄 치겠는가

청계산 매바위

청춘아 바쁘더냐 한 고비 쉬어가자
계곡수 냉기 속에 훌러덩 탁족하고
산허리 휘감는 바람 마음까지 살찐다

청춘이 숨을 쉰다 인생이 춤을 춘다
계곡에 새물 드니 새봄은 붉은 희망
산 너머 봉우리 안고 내일을 바라본다

매서운 바람 넘고 먼 길 갈 채비하고
바지춤 추스르고 다시금 일어선다
위험이 대수겠는가 새로운 도전이다

태종대

태곳적 숨소리가 아직도 들리는 듯
종다리 먹이 찾듯 갈매기 깍깍 대고
대지가 끝나는 이곳 한없이 열린 공간

태공의 힘찬 물질 물때를 갈라 치니
종착점 알 수 없어 망둥어 날뛰는데
대가리 검은 짐승들 월척에 여념 없다

태양이 눈부시다 사람이 아름답다
종말을 모르는 양 파도는 높게 일고
대양을 가로지를 듯 젊음이 요동친다

태종사 풍경 소리 갈매기 춤을 추고
종소리 삼킨 해변 파도를 부를 적에
대쪽에 불던 바람이 동백꽃 기웃댄다

- 대구 -

팔자 좋아도
공짜는 절대 없다
산행 중에도

Even if you are lucky
For nothing is nothing absolutely
While mountain climbing

* EFW = Energy From Waste : 재활용에너지

아직도 그곳엔

팽팽한 긴장 속에 솟는 해 뜨겁지만
목표는 수장되고 영혼은 실종 상태
항구에 흐르는 정적은 소리 없는 진혼곡

Spurt sun is hot within tight tensions
Even body buried under sea and soul had gone
A quiet requiem with silence hung over the port

◆ 동.식물 이름 행시(꽃 이름 포함)

- 순회 -

갈 년은 가고
매번 새 년이 온다
기똥찬 년들

- 실연 -

갈대 우는 밤
매운 눈물 흘리고
기운 차린다

- 갈매기 -

갈망의 눈빛	Longing eyes
매 순간 긴장의 끈	Every moment in high-tension living
기대가 크다	Great hope for me

갈바람 시원	So cool with a southwest wind
매번 바다가 좋아	Every time feels good when meet a sea
기분에 한잔	A cup of soju drink within nice mood

감나무

감나무 오르내린 어릴 적 생각 한 줄
나무든 지붕이든 높은 덴 다 오르고
무엇이 되나 했더니 말똥 세 개 달았네

- 그녀 -

감색 원피스
홍조 띤 보조개에
시원한 이마

- 가을 -

감 익는 계절
홍엽만산 황금 들
시심도 붉다

- 무관심 -

개 같은 공천
망발 쏟는 선거판
초연한 민심

- N포 세대 -

개 같은 정치
살고 싶은 노력도
구차한 생각

성질머리

구름에 가려진 달 그믐에 칠흑이라
기울고 다시 차면 보름달 휘황한데
자격루 옆에 두고도 못 참을 때 많구나

가을꽃 구절초

가랑이 넘치도록 행복에 젖는다면
을모진 그 님 맞아 수줍게 끌어 앉고
꽃처럼 가꾼 안방을 그대에게 바치리

구석진 주름주름 눈 녹듯 풀어지고
절꺼덕 닫힌 영혼 화들짝 눈뜬다면
초야에 꺾인 연꽃을 뿌리까지 드리리

구월도 엊그제라 세월은 화살 같아
절륜도 옛날 얘기 이제는 종합병원
초가을 찬바람 맞고 콜록콜록 잔기침

그날

느즈막 한 때
티켓 하나 구해서
나만 아는 곳으로
무작정 간다

Time as rather later
Request a ticket to go to
Especial own place
Even planless go to somewhere

느슨한 몸빼
티 안 나게 벗기고
나도 몰래 덮쳤지
무너지더군

달개비꽃

달랑 두개 꽃잎 자랑
개인 하늘 이른 아침
비취 보다 고운 모습
꽃대 길어 더욱 청초

- 가을 -

들바람 시원
국화 향 찾아 나선
화사한 햇살

동백꽃

동장군 버티고 선 칼 같은 한파 속에
백설기 뚫고 나온 한 떨기 붉은 동백
꽃잎이 하도 예뻐서 발걸음을 멈추네

들국화

들창코 첫째 애인 몸매는 죽여줬지
국어는 빵점이라 문자도 엉터린데
화끈한 잠자리 생각 지금까지 못 잊네

들장미 같은 여인 길게 간 둘째 애인
국화 향 은은하듯 부담도 없었지만
화사한 옷 차림새며 매너까지 좋았지

들국화 닮은 여인 아쉬운 셋째 애인
국가적 중대사로 남남이 되었지만
화장도 아니한 얼굴 누구보다 예뻤지

들여올 짬이 없어 넷째는 접었지만
국화꽃 필 무렵엔 온몸이 불끈불끈
화려한 지난 시절은 물 건너 간 것인가

마가목

마른잎 금새 촉촉해 오고
가슴속 깊이 박히는 쾌감
목구멍 잠긴 듯 모를 감격

- 수확 -

메뚜기 한철
뚜껑 열리는 계절
기쁨의 시간

봄철

木　목 타는 그리움에 애절함 절절하고
蓮　연정에 주린 가슴 숨조차 못 쉬는데
花　화사한 이 봄 날씨는 누굴 위해 춤 추노

무궁화

무극의 끝을 향해 시위는 당겨졌고
궁노루 향을 잃고 나락에 떨어졌다
화려함 다시 못 찾을 알 수 없는 운명아

- Forget - Me - Not -

Name is forget-me-not   물망초라네
Of course she was forgotten   망각되어진 여자
The woman who worthless   초개와 같은

- EEL -

Eat a hot snake soup.	뱀탕 먹으면
Enhance the energy and guts.	장도 정력도 튼튼
Lots of blood circulates well.	어혈도 풀려

제주산 우리나라꽃

벚나무가 맞나요 벗나무가 맞을까요
나라 글 어려운지 아는 이 많지 않고
무식한 어떤 사람은 곧 죽어도 벗나무래

블루베리

블루 스카이
루틴한 맑은 바람
베리 중에 베스트
리얼한 건강

Blue sky like as blueberry
Limpid wind with routine
Under the kind of berry It's best
Especially real health fruit for us

BLUEBERRY

블루 빛 열매
루비 머금은 과일
베스트 친구
리얼한 최고 선물

그대 있음에
대자연이 빛나고

내게 기쁨 준
사근사근한 그 맛
랑만 넘치네

Bluish berry

Like as ruby colored fruits

Usually come up best friend

Especially real present for me

Because of you are here

Even nature is shine brightly

Really it is my pleasant and

Really just great the taste

You know filled with romance

- 기다림 -

산골에 전령
수줍은 망울 터쳐
유혹하는 봄

설중매

설익은 아름아름 아직은 쭈볏쭈볏
중간에 들어찬 눈 많이도 시릴 텐데
매화꽃 붉게 피면서 달아오른 열정아

설 중에 임 보고파 부지런 떨었구나
중천이 밝아오면 햇님이 달려오고
매서운 새벽바람엔 달님 별님 비추리

그리움

소식도 없다
금세 온다 하고선
쟁쟁거려 싫더니
이젠 그립다

Probably no letters
Of course he talk to me comback soon
Not seldom I hated fussy but
Dear, I miss you now

- 미인 -

수려한 몸매
선녀가 하강한 듯
화용월태라

Beautiful figure
As if nymph has come down
There is lovely face

수줍게 웃는
선한 눈망울 예뻐
화용월태라

수려한 자태
선녀 같은 춤사위
화려한 무대

수세미

수숫대 가을 햇빛 기름진 황금 들녘
세월은 풍년 들어 단풍도 더욱 곱고
미풍에 붉은 잠자리 여유로운 날갯짓

- 거시기 -

야간만 되면
관성의 법칙 따라
문을 뚫는다

When every night
In accordance with the low of inertia
The bullet piercing the gate

- 귀한 꽃 -

양지 바른 곳	There are suntrap
귀농의 열매 속에	In the fruit of returning to the farm
비결은 없다	Probably no secret

- 붉음 -

영겁의 화신	Real tidings of flowers everlasting
산호초의 신비여	Especial mystery on coral reef
홍보석 같은	Dazzle rubious jewel

- 매력차 -

This is everybody's friends	오지랖 넓어
Especially It has a five tasty all	미각 다섯 다 갖고
A lots of nutritious	자양분 탁월

- 건강 음료 -

Drink it first	우선 마셔봐
Emitted the romantic idea	엉뚱한 생각 나고
Taste good also	차 맛도 좋아

- 꽃의 여왕 -

Beautiful one even small   작지만 예뻐

Under the trust promised   약속된 신뢰 속에

Day by day in full blossom   꽃망울 활짝

- 초봄 -

Be careful please   제발 조심해

I don't blame you to that   비난은 않겠지만

Then flower's hurt   꽃이 다쳐요

채송화

채마 밭 발치 아래 뾰족이 올라선 꽃
송아지 이빨처럼 가지런 올목졸목
화사한 무언의 시위 여름 한철 달군다

- 인생 -

초록 바닷가
롱 다리 멋진 몸매
꽃다운 청춘

At the green seashore
Long legs with beautiful bodies
There is flower of youth

코스모스

코스모스 예쁘게 핀 맑은 가을날
스잔한 바람 불어와도 하늘은 푸르고
모처럼 얼굴 맞댄 두 사람 웃음 가득
스스럼 없는 행시로 하루를 보낸다

- 요행 -

클릭 하나로
로또 일등 꿈꾸다
버젓이 탕진

- 그대 -

해진 저녁놀
당신 없는 이 자리
花酒 서럽다

Yellow red sunset
Of course you don't here
Usually I sad with incense liquor

해맑은 눈동자에 **해**죽이 웃는모습
당신은 누가봐도 **당**대에 최고미인
화려한 국화보다 **화**사한 순수미소

홍당무

홍시가 따로 없네　　홍조 띤 색시 얼굴
당해도 좋다면서　　당당히 껴 앉더니
무시로 단풍 든 두 뺨　무릉도원 헤매네

홍시 맛 절로 나는 삼백의 가을 산야
당홍빛 단풍 들어 지금이 한창때라
무작정 마음 실어서 달려갈까 하노라

매화

홍안에 연지 찍고 시집 온 앳된 각시
매서운 시집살이 야물게 견디더니
화사한 꽃 세상 만나 엔조이에 눈떴네

매화꽃 필 무렵에 온다던 그대 소식
화농이 짓물러도 눈앞에 안보이네
꽃 같은 볼우물에 요염한 두 눈꼬리

매일 눈뜨면서 보는 그대 아시는가 내 맘을
화사한 모습 때론 아릿한 애증으로 다가와
꽃 같은 꿀 빨아먹는 그대는 영원한 내사랑

- 인기 드라마 -

Hit at just one time	대번에 대박
It's famous drama for a long time	장시간 유명했지
Top level of this century	금세기 최고

– 이세돌 제4국 –

알파의 약점
파격으로 몰아라
고수의 반격

Watch the weakness of Alpha-Go
Immediately to drive roughly
Now turn around from the ace

후루룩국수

후	한	인	심	에
두	루	편	한	집
후	루	룩	드	실
뽕	가	는	국	물
쫄	깃	한	국	수

* 서울 용답역 1번출구앞 맛집
제가 몇 번 가본 집이라 아는데
감자 옹심이 수제비가 일품

"행시인 쉼터"

용틀임 하며
답답함 해소한다
스스럼 없이
테스트 마친
이 집은 이제 명소
지금 모인다

용답역(1번 출구)과 답십리역(5번 출구) 사이
옥천 박은숙 시인님 샵을 통 크게 오픈하셔서
행시인들 모임 장소로 자주 이용하는 아지트
제가 '용답스테이지'라는 이름을 붙였습니다

이 자리를 빌어서 다시 한번 감사 드립니다

"박은숙 시인님..정말 고맙습니다"

- BMW -

By three months
Meet together line poets
Wonderful poetic sentiment

삼 개월 만에
행시인들 한자리
시심 대단해

美 항공모함
키티호크호
방문하다

키도 억수로 크고 몸집도 대단한 거함이었다
티켓 없이 타본 배 치곤 너무 웅장해서 깜!놀!
호탕한 팬텀 전폭기가 갑판에서 뜨고 내리고
크기뿐 아니라 막강한 전투력 갖춘 첨단무기

한미연합사 화학과장으로 근무할 당시, 한미연합훈련으로
한.미 과장급 이상 장교들이 미군수송기로 포항으로 이동,
헬기로 포항 앞바다에 정박 중이던 미군의 핵심전력 항모
키티호크號 방문, 식사까지 했던 경험을 소중하게 간직함
* 아파트17층 높이, 함재기 80여대 탑재, 승조원 5,600명

- 그날 이후 -

세류 멈추고
월색은 창연해도
호흡 거칠다

Stop the passage of time
Even moonlight has bluish
A breathing is tough

- 열 일곱 살 -

세상 나와서
월척도 못 건지고
호롱불 끈다

세상 알듯 말듯 지뢰밭 인생 여정
월반 삼백 영혼 복잡한 이승 떠나
호사도 넘치게 받고 편히 쉬소서

- 1주기(2015. 4. 16) -

Springs come again
Eyeless 9 souls who lieing on the bottom
Afresh moving now

봄 돌아오니
바닥에 누운 아홉
다시금 꿈틀

122

- 해군 초계함 -

천상 점호로
안전 구호 외치니
함성 드높다

Sky's morning roll call

Every one shouting safety slogan

All directions war cry is high

신종 코로나

View carefully against the corona 19
It's a infectious disease as depth of deep
Recognize well coach from the government
Usually must prepare to local infection
Self-cleanliness is first

신중한 관찰
종심 깊은 감염병
코치 잘 듣고
로컬 감염 대비해
나부터 청결

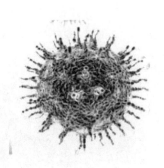

Corona virus 19

Valuable date booking from her
I refused that just right away
Reason is afraid of corona virus
Under the situations never go outside
So I needs something more

데이트 받고
칼같이 거절했다
코로나 겁나
마당도 못 나서니
니즈만 는다

CORONA

Very high risks so far
It needed clean by myself
Risk places and
Usually avoid dangerous situations
So happy to you for a long time

아직은 위기
주변 청결 잘 하고
위험 장소나
험한 상황 피하고
해피 하세요

"Put off the Olympics"

Chance or not sometime this year?
Out ball after spin around the rim
Right now the picture's looks bad
Of course want to know the fact behind smoke
Never walking on eggshells about the corona
Answer is needed just right away

올해 열릴까?
림 맴돌다 나가면
픽쳐가 나빠

연막 속 궁금
기회만 보지 말고
해답을 다오

행시야 놀자 ^{시리즈} **10**

이름행시집

2020년 3월 15일 발행

저 자	정 동 희
이 메 일	daumsaedai@hanmail.net

편 집	정 동 희
발 행	도서출판 한행문학
등 록	관악바 00017 (2010.5.25)
주 소	서울시 중구 을지로 18길 12
전 화	02-730-7673 / 010-6309-2050
팩 스	02-730-7673
카 페	http://cafe.daum.net/3LinePoem
홈페이지	www.hangsee.com

정 가	8,000원
I S B N	978-89-97952-33-5-04810
	978-89-97952-32-8-04810(세트번호)

공급처 ㅣ 가나북스 www.gnbooks.co.kr
전 화 ㅣ 031-408-8811(代)
전 화 ㅣ 031-501-8811